LA
MVSE DES GAVLES.

A
LA ROYNE MERE
MARIE DE MEDICIS.

PAR

Le Sieur Deberthrand d'Orleans
Aduocat en Parlement.

A BOVRGES,

Par MAVRICE LEVEZ, demeurant
audessus des grandes Escolles.

M. D. C. XIV.

A
LA ROYNE MERE
MARIE DE MEDICIS.

MERE des Gaules, fauorable Iunon, fidelle gardienne de nos vyes & de nos biens, Voila la Muse du païs qui le genoil bas, l'œil abaissé, le cueur humble append a l'autel de vostre Majesté l'Image de vos perfections. Image l'epitome, l'abbregé, le verbe raccourci de vous mesmes. Image où la Nature a vaincu l'art, où l'art a manqué a la Nature. Que les Estrangers l'a regardent hardiment, l'a regardent & l'admirent. Il y a quinze ans que i'ay celebré l'heur de vostre entrée en cette terre de promission, que i'ay chanté vos felicitez, deploré vos infortunes, compati au desastre commun des François : ces escris courent par la France, volent par la bouche des hommes. Vostre grandeur m'a faict peur, ie n'ay iamais osé les vous offrir: Et ores vostre douceur m'inuite, vostre bonté m'appelle, vostre liberalité me prouoque. Orleans où i'ay eu cette grace speciale de vous voir, où ie me formay en l'esprit les premiers trais de vostre pourtraict m'a releué le courage, auec telle reuerence neantmoins, auec

A ij

relle modeste que ie vous presente mon ouurage,
par l'etremise & par la main d'vne Princesse de sang
illustre qui sera si il luy plaist la mediatrice entre ma
bassesse & vostre altiere grandeur, le merite de laquelle seule donnera le pois & le pris a mon offra-
de, Receuez la donc fauorablement vnique Tutri-
ce des Gaules, ie la vous consacre d'vn cueur arde
& zelé a vostre seruice auquel i'ay vescu depuis
quinze ans & veux continuer tout le temps de m
vye pour me dire en certe verité.

MADAME

Vostre tres-humble & tresfidelle
subiect & seruiteur

DEBERTHRAND.

ODE.

Timante a pourtraict son Cyclope,
Zeuxe la chaste Penelope,
Appelle sa belle Venus,
Qui nageant haute desur l'onde
Sortit en sa conque seconde
De l'amarris des flotz chenus.
  Et moy imitant leur peinture
I'ay crayonne cette figure,
Cette Princesse qui n'a pas
De seconde a elle icy bas,
Et que les Cieux en sa naissance
Ont proclamé Royne de France.

D B.

LA
MVSE DES GAVLES.

LE POVRTRAICT DE LA ROYNE
Mere Marie de Medicis.

STANCES.

POur pourtraire vne Royne aussi grande en
    merite
Que le monde sensible en son rond se limite
Il me faudroit d'Appelle emprunter le pinceau,
Et puis derobant l'art desiré d'Alexandre
M'en rèdre seul capable, & tout seul l'entreprendre
Surmontant la Nature en l'art de ce tableau.

Pourtraire cette Dame en sa propre nature
C'est de ce monde entier depeindre la figure,
Figurer tous les Cieux & tous les Elemens:
C'est pl°, c'est de Dieu mesme exprimer la substance,
Qui est ternaire en nombre & vnique en essence
Demeuràt vn sans nombre en ses denombremens.

Ie dy qu'en cette Royne inimitable ouurage
L'on voit du Dieu puissant la semblance & l'Image,
Le rapport sy remerque, on y merque les trais,
Et descendant plus bas en ce globe sensible
L'on voit d'elle & des cieux le rapport tout visible

LA MVSE

Et en son corps parfaict les Elemens pourtrais.

De vouloir donc pourtraire vne si rare Image,
C'est vouloir mettre en vain l'impossible en ouurage,
Pour les Venus parfaire Appelles rechercher:
C'est ignorant Sophiste a perte de parolles,
Mettre l'art d'Archimede en pratique aux escolles,
Ou bien la quadrature en vn cercle chercher.

T'implore donc ton ayde & ta faueur premiere,
Astre qui vas dorant le françois hemisphere,
Hercul de nostre Siecle, Athlas de nostre Ciel,
Respen desur ma plume a ta gloire appreste
L'humeur graue enfermée en la corne Amalthée,
Et endore ma langue au Pactole & au miel.

Ceux qui sor des humains la matiere & les formes
Par le heurt, par le choc fortuit des atomes,
Sont ainsi que Leucippe en leurs sens ignorans,
Cet erreur d'Epicure aueuglé d'vne nue
Rend de Dieu trop congnu la puissance incognue,
La creance incertaine & les Esprits errans.

C'est ce Dieu qui forma cette Dame admirable
Sur l'eternelle Idea a soymesme semblable
Par le nombre ternaire accordant ce rapport,
Car bien que le corps dorbue a la cause seconde
L'effect des essiencie cy bas en ce monde,
L'esprit de la premiere a tiré son support.

Or bien que ce grand Dieu soit vn en son essence
L'vnité soit son cercle & sa circonference,
Dont il est infini sans limites borné,

Pourtant

Pourtant cette vnité ô lecteur ne t'estonnes
Se distingue admirable en nombre de personnes,
Et se voit par ce nombre en son vn retourné.

   La premiere personne en l'Essence diuine,
Le principe des deux, & des deux l'origine,
Et qui n'est pas pourtãt plus vieillard que ces deux:
C'est le Pere Eternel dont la dextre feconde
De la masse du rien a tiré tout le monde,
Et separé les corps de leur cahos hydeux.

   La seconde est le Filz engendré par le Pere
Deuant qu'on vist Titan couronné de lumiere,
Par vn acte second de son Entendement,
Ce Filz pour deliurer les Mortelz de leur peine
A vestu le manteau de la Nature humaine,
Et chargé sur son dos le faix de son tourment.

   La tierce est l'Esprit sainct qui les ames console
Qui en langue de feu profere sa parole,
Esprit sainct & sacré de ces deux procedant:
C'est luy qui sainctement sur les ondes se porte,
Luy qui nostre Seigneur dans les deserts transporte
Qui rend vn esprit froid en amour tout ardent.

   Ces trois ne font qu'vn Dieu en sa nature vnique
Qui ne se peut partir non plus que sa tunique,
Ce ne sont point trois Dieux ains vn Dieu seulemét:
L'vn n'est point deuãt l'autre en puissãce en durée,
L'vn n'est point le premier en la voute azurée,
L'vn n'a point plus de gloire & l'autre d'ornement.

   L'Esprit de cette Royne en mes vers celebrée

B

LA MVSE

A son essence vnique & toutefois nombrée,
Elle est indiuidue & se diuise en trois,
Esprit du tout altier releué de science
Soubs qui c'est captiué le Demon de la France,
Né au ciel pour vn Roy digne de tous les Roys.

En trois proprietés cet Esprit se diuise
Trois rayons eternelz où la grace est assise,
De ces trois le premier s'appelle Entendement,
La Volonté le suyt, suyt apres la Memoire,
Astres tirés du ciel pour celebrer sa gloire,
Et pousser son merite au plus haut firmament.

Le premier ray qui luyt dedans ce petit monde
Rend cette Dame illustre a nulle autre seconde,
Intellect tout sçauant, tout subtil, & tout haut:
Flambeau dont la splendeur toute la Frāce esclaire,
Et qui se proposant l'honneur pour exemplaire
Faict tout cela qu'il doibt & tout cela qu'il faut.

Ie le dis sans flatter ie n'ay point de memoire
D'auoir oncq' remarqué par le fil de l'histoire
Vn iugement si vif, vn intellect si prōt,
Ce rayon va perceant les choses plus obscures,
Les presentes il notte, & sondes les futures,
Cognoist ce qui n'est pas & les choses qui sont.

Par ce rayon diuin en flammes admirable
De gouuerner la France elle se rend capable,
Se rend recommendable en ce gouuernement:
Cette Royne de gloire acquise en son merite
Rend heureuse aux François cette douce cōduite,

A l'estranger diuine en son estonnement.
  De cet astre premier esclarcy par l'vsage
Deriue le conseil qui la rend toute sage,
Toute apré & toute duitte a porter ce grand Ciel:
La prudence se tire es torrens de sa course
Son humeur retenue aussi sourd de sa source,
Et sa force mandie au corps de ce Soleil.

  Soleil qui de la France escartes les tenebres,
Qui dores les chanteurs de tes actes celebres
Baisse les yeux sur moy en rayons radieux:
Que ta grandeur sans pair, que ta faueur royale,
Sur mon champs fauorable en Iuppiter deuale,
Et le rende fecond au regard de tes yeux.

  Le second ray qui brille aussi clair qu'vne estoille,
Qu'vn astre yssu de l'onde espuré de tout voile
S'appelle la Memoire vn tresor veuf de pris,
Tresor qui rend sa Dame abondante en office
Feconde par nature & non par artifice,
Dont le present est veu & le passé repris.

  Qu'on ne me vante plus par vn prodige estrange
Du Legat du Roy Pyrrhe hautement la louange
Qui cogneut en vn iour les Senateurs Romains:
Et qui les nommant tous d'vne heureuse memoire
S'acquit plus en cela qu'en son Maistre de gloire;
Plus d'admiration qu'en l'œuure de ses mains.

  Qu'on ne me vete encore vne memoire grecque,
Ou celle de Cyrus ou celle de Seneque
L'vn precepteur d'vn Roy, l'autre Roy de renom:

LA MVSE

Bien que l'vn recitast mille morz tout de suyre,
Et l'autre ayant vn monde au lieu d'vn exercite
Nommast sans hositer ses soldats par leur nom.
 Car ce tresor parfaict de l'heureuse memoire
Cette Dame adorée és aurelz d'Eleuthere
Ne se descouure en eux qu'a demy seulement:
Mais l'ame n'est pas plus das le corps toute entiere,
Le point dedans le cercle au centre de la Sphere
Que la Memoire habite en elle entierement.
 C'est en elle vn prodige vnicque en son miracle
Qui passe la creance & la foy d'vn oracle,
Ceux qui en font l'a preuue en sont tout estonnés:
C'est en elle vn Ianus auec ses deux visages
Dont sage elle se sert en de diuers vsages
Voyant les ans futurs & ceux qui sont tournés.
 Royne qui le passe esgalle en pararelle
Au present qui court brusque en sa carriere isnelle,
Voy souuent ces escris des yeux du souuenir:
Car i'ay cette heresie empreinte en mon audace
Que n'estant qu'vne Royne extraicte de grand race
Tu peux vne Dæsse en ces vers deuenir.
 Le tiers rayon qui flambe au pinacle du temple
Et qui la porte au bien que sa raison contemple
La Volonté s'appelle vnit aux deux premiers:
Volonté franche & libre & non par des desastres
Subiecte aux mouuemens des insensibles astres,
Ses cours n'estant reiglez & les leurs coustumiers.
 Ce ray cette Vesper ses lumieres eslance,

DES GAVLES.

Esclate ses esclairs par les airs de la France,
Et sainct Helme flaboye au plus haut des vaisseaux,
Cette lampe l'enflamme au repos de nos aytes,
Luy plante dans le sein mille soigneuses braises,
Et comme hydre luy forge au cueur mille trauaux.

L'amour fort & puissãt qu'à son peuple elle porte
Dedans la chose aymée aysement la transporte,
Elle ne vit en elle ains au cueur des François,
Pour le repos d'iceux elle se sacrifie,
Elle met au hazard comme Curte sa vye,
Et combat sur vn pont pour le salut des Roys.

Si fort la Canicule en ses feux la crucie
Qu'il semble qu'elle soit cette braue Porcie,
Ce bras dextre de Brute en feu se consommant,
Le brasier du desir dont la Gaule elle anime
Luy decouure la grace au sortir de son crime,
Et la veut conseruer parmy l'embrasement.

Brandons Oebaliens, Seraphins pleins de flãmes,
Alcions reluysés, enflammés rendez d'almes
Les eaux où ma nef vogue ou vaguoit mes Espris:
Des vens Etthesiens secondant ma fortune
Soufflez leurs doux Zephirs, dont l'Haleine oppor-
    tune
Feconde mes labeurs excellez en leurs pris.

Ces trois rais, ces trois traits ce pourtraict embel-
    lissent,
De l'image de Dieu a bon droict l'enrichissent,
Trois rais, trois deitez qu'elle rendent diuin:

B iij

LA MVSE.

Trois rares facultés iointes en vne forme
Qui font la creature au Createur conforme,
Et donnent a l'exorde vne essence sans fin.
    Ie dis encore plus, d'vne occulte energie
De la Royne & des cieux on voit l'analogie;
La belle conuenance a nos yeux se faict voir:
Les Cieux ont leur perruque en estoilles formée,
Perruque consacrée au filz de Ptolemée
Qui eut l'amour pour vœu, pour offre le debuoir.
    Les Cieux ont leur cometté a la tresse crineuse,
Perruque dont la veüe a nos yeux semble hydeuse,
Cheueux dont les rayons nous font fremir de peur:
Les Cieux parent leur temple & leur voute azurée
De la tresse cretoile en ses ondes dorée
Qui eust vn Dieu fidelle & vn homme trompeur.
    Mais cette belle Royne en grandeur admirée
Porte desur le chef vne tresse dorée
Qui decore le crane en son bel ornement:
Tresse, liens, perruque aux chaisnons redoutables,
Aux cheueux d'Apollon ou esgaux ou semblables,
Ou a ceux de Minerue en leur enlacement.
    Cheueux sainctz & sacres, que pendus ie contéple
Pour le bien des subiectz par vn vœu dás le temple,
Qui enchesnent les cueurs & la foy des François:
Cheueux qui dans le Ciel du Gaulois frontispice
Brillent comme le poil astre de Berenice
Que Conó rend celeste aux yeux de tous les Roys.
    Les Cieux ont des flambeaux de diuerse nature,

Aftres fignes diuers d'affiette & de figure,
Contraires de regardz & de cours differens:
Les vns fans forligner de leur courfe affeurée
Courent d'vn pas reglé dans la plaine etherée,
Les autres dont les pas en leurs cours font errans.

   Les vns d'vn cours forcé par le dixiefme eftage
R'oullét du Gange Indois iufqu'au fleuue de Tage,
Les autres ont leur train du ponant au leuant:
Les vns vôt des humains bienheurât les naiffances,
Les autres a la mort verfent leurs influences
Aucteurs de biés bienpeu, & de maux bien fouuét.

   Cette Princeffe Illuftre vnique en fon effence,
Le temple des François & le ciel de la France
Porte deux grandz Soleilz audefoubz de fon front,
Soleilz qui diffipant les humeurs amaffées,
Vont donnant le ferain aux orages paffées
Et releuent le mafque aux ombrages qui font.

   Ces deux aftres beffons en leurs courfes vniques
Pour guides de leur cours s'arment de nerfz opti-
    ques,
Nerfz dont la forme eft vne & l'vfage diuers:
L'vn fert au mouuement, l'autre fert a la veüe,
Mouuement different & de diuerfe yffue
L'vn roulant haut & bas & l'autre de trauers.

   L'œil droit doux Iuppiter & planette benine
Commence en Occident fa carriere diuine
Et la finit en l'Inde efclarci de faueurs:
Oeil doux, œil fauorable, agreable lumiere

LA MVSE

Dont la grace est le cœtre, & l'amour est la Sphere,
La figure le rond, & le rond les honneurs.
   Cet œil donne la vye a vn mort que la Parque
Des desastres humains aura mis dans sa barque,
Cette Iunon secourt les hommes engagés:
Et cet astre imprimant des rayons de sa veüe
L'arc en ciel figuré au ventre de la nüe
Promet vne paix longue aux pauures affligés.
   L'œil gauche en imitant le premier ciel rapide
Court du verger d'Eden au verger hesperide,
Au leuant faict sa course au ponant la finit:
Œil dont la viue ardeur iustement enflammée
Conuertit des matins les brouillars en fumée
Et faict cheoir l'arrogant de son plus haut Zenit.
   Les Cieux ont leur chemin & leur voye lactée,
Qu'vn nombre de flambeaux red ainsy marquetée
De leur splendeur vnie esmaillant sa couleur:
Le hautain Phaëton sortant du Zodiaque
Des ardeurs du Soleil imprima cette merque,
Et dans l'onde du Po se sauua de l'ardeur.
   Par ce chemin de laict dont la douceur exprime
Le naturel des Dieux que la douceur anime
Les Dieux montent au ciel au concile appellés:
Et pour le bien du monde inclinant leurs courages
Au salut des humains ilz donnent leurs suffrages
Qui benins & benis nous sont tost reuelés.
   Cette Royne admirable en mes vers admirée
A la forme du nés si dextrement tirée

De ses

De ses nombres parfaictz haut & bas accomply;
Deux chemins comme en cercle en deux pars le di-
   uisent;
Chemins qui des effectz admirables produisent;
Effectz dont le ceruean de sa Dame est remply;
  Au ciel de ce ceruean les effectz & les causes,
Et tout ce qui se sent des especes des choses
Montent par ces chemins de rays illuminés,
Là se font les discours des affaires de France
Là la iuste rigueur faict place a la clemence,
Et sont comme les bons traictés les mutinés,
  Les Grecs & les Romains & la gent plus estrange
Qui vuide s'entretue & mots s'entremange
Doubteux alloyent en Dele a l'oracle des Dieux,
Cette Royne en sa bouche ordonne nos oracles,
Qui par elle dictés se tournent en miracles,
Miracles admirés en la terre & aux cieux.
  Dans ce Iardin fleury l'Iubie y prend naissance,
Les lys y vont naissant en la candeur de France,
La fleur d'Aiax y rit & le Narcisse nuisy,
Le Martagon cerclé, la couronne Royale,
L'Annemone, la Peaune, auec l'Emerocale,
La Teulippe, l'Iris, la Rose & le Soucy.
  Plus bas cette Princesse humainement diuine
De marbre Parien decore sa poictrine,
Vn pectoral, vne arche ou se gardent les loys,
Ou la Manne se voit, la Verge se conserue,
Cabinet consacré à la docte Minerue,

C

LA MVSE.

Et le doux paradis du plus grand Roy des Roys.
  Ce paradis contient deux admirables pommes,
Qui ne font pas mourir mais font viure les hômes,
Non les hommes ainçois les hommes & les Dieux,
Deux globes tresfecondz que la grandeur enserre,
Dont l'vn nourrit le peuple en imitant la terre,
L'autre nourrit les Roys en imitant les Cieux.
  Ces globes font efgaux par vn rapport myftique
Aux Tetins fainctz facrez de l'efpoufe au cantique
Qui vont rayant le laict & le miel & le vin:
Le laict du petit peuple aliment neceffaire,
Le miel pour les moyens dont le fort n'eft vulgaire,
Et le vin pour les grandz vn breuuage diuin.
  L'on dit que d'vn cueur grãd la vaillãte amazône
Pour fe rendre plus propre au meftier de Bellonne
Se difformoit cruelle & diffamoit le fein:
Que le Grec pour cela de ce nom la baptife,
Mais pour moy ie n'en puis approuuer l'entreprife,
Ny foubfcrire a cet acte en blafmant le deffein.
  Ce monde fi l'on croit aux fameufes efcolles
A pour fon ornement deux flãbeaux & deux poles,
Et ce fainct Microcofme en fon patron formé
De deux bras, de deux piedz, de deux yeux, deux
    oreilles,
Deux poulmons, deux tetins decouure fes mer-
    ueilles,
Et qu'il eft en fon plan de tout point confommé.
  I'ay leu dans Daniel comme vne main crayonne

DES GAVLES.

Encontre la parroy du Roy de Babylonne
L'euenement obscur des destins de ce Roy:
Et la main d'vne Royne en ce pappier d'escrite
Crayonnant nos bonheurs augmente son merite,
Et donnant liberale en confirme la foy.

Cette main est semblable a la main de l'Aurore,
Elle a les doigtz de rose & le lys qui l'honore
Dont le pourfil se trouue au prophetique escrit:
Cette main de trois doigtz tient au haut de la nue
La masse de la Gaule entre les airs pendue,
Luy donne l'action, la vigueur, & l'esprit.

Les terres & les mers sont les piedz de ce monde
Sur lesquelz ce grand globe & s'appuye & se fonde,
Sur deux piedz est basti ce bastiment royal:
Deux Hercules puissans, deux Athlas de la Gaule
Qui portent ce grand Ciel d'vne robuste espaule,
Desquelz la force est seure & le debuoir loyal.

Les Cieux ont quatre bras dor la grādeur enserre
Les trois airs & le feu, l'amphytrite & la terre,
Cette Dame cœleste en a deux seulement:
Deux bras qui dans le rond de leur circonference
Embrassent le Neptune & la Ceres de France,
Et font monter leur ombre au premier firmament,

Ie dis encore plus rustement i'accompare
Cette Princesse en qui l'excellence est si rare
Au feu actif d'essence & subtil Element:
Car cet Esprit royal delié, ce me semble
A ce vif Element naifuement ressemble,

LA MVSE

Et en porte l'Image empreinte au iugement.
  Elle est encore a l'air en ses actes semblable,
Elle est pour nostre bien quelquefois variable,
elle a la garbe braue & le corps d'vn bel air:
Tous ses subiectz pour elle & par elle respirent,
Et dans elle on entend leurs regretz qui souspirent,
Mais l'orage ny gronde, ou n'y voit point l'esclair.
  Et Thales qui de Dieu en esprit particip
Establit le Neptun des Estres le principe:
Cette vnicque Marie est la mer de nos biens:
Le sel se faict de l'eau simbole de sagesse,
La sagesse se forme en cette grand Princesse,
L'onde embrasse la terre, elle embrasse les siens.
  En fin elle est semblable a la terre feconde
Qui produit en son sein les semences du monde,
Qui conçoit, qui reçoit, qui nourrit les humains:
Car cette grand Deesse en ses progres fertile
Pour ne se monstrer point infeconde inutile
Nourrit son pauure peuple en l'œuure de ses mains.
  Venez voir Nations ce pourtraict magnifique
Dont Dieu, le Ciel, le monde est le hieroglifique,
Accourez vo⁹ que l'Inde embrasse en son pourpris:
Contemplés cette piece en beautés nom pareille,
Qui pour estre admiree est pleine de merueille,
Et pour n'estre prisee excede tous les pris.

L faut d'vne main desgourdie
Qu'a mon grand Prince ie desdie
Les fruictz rares de mes espritz :
Et pour chanter a la Royale
Ie sonde l'obscure cabale,
Et les secretz de ses escrips.

Car cest vng Prince qui merite
Que d'vng hault stile ie recite
L'arrest caché de ses destins :
Et pour celebrer sa naissance
Des Grecz i'emprunte la science,
Et les motz disers des Latins.

Quand donc cest enfant prit naissance
Des cieux la meilleure influence
Sur luy largement deuala,
Et l'astre montant de son estre
Pour mieux se faire recognoistre
Ses biens sur son chef decoula.

Pour marque d'vng heur Prophetique
La Manne ancienne & mystique
Tomboit du Ciel a gros floccons :
Et les Anges par ialousie
A pleins platz versoyent l'ambrosie,
Et le Nectar a pleins flaccons.

Puis la mere Nature appelle

LA MVSE

Des Dieux la brigade immortelle
A vng magnifique Festin:
Et là cette diuine trouppe
De main en main vuidoit la couppe
Pour l'heur futur de son destin.
   Saturne le rendit capable
D'vne vieillesse venerable,
Iuppiter le fit gracieux:
Venus amoureux, Pallas sage,
Mars le fit guerrier sans l'vsage,
Et Mercure laborieux.
   Toute la puissance celeste
Vng bon heur versa sur sa teste,
D'vng long fil deuidant ses ans.
Les cieux formerent sa Nature
D'vng corps auguste de figure
Et d'esprits hautains & ardans.
   Son Pere veuf de ses fatigues
Voyant tous les Dieux si prodigues
A luy departir leur Thresor:
Pour monstrer qu'il estoit son pere
Luy donna cette terre chere
Qui a pris son beau nom de l'or.
   Bienheureux certes ie doibs estre
Dequoy vng tel Prince est mon Maistre
Pour suyure ses perfections:
Et former ma plume future
Sur l'Image la plus obscure

De ſes futures actions.

  Prince ſi tu as bonne enuye
D'allonger le cours de ta vye,
Portant les rides ſur le front:
Et pour parfaire vng grand ouurage
Eſtre fort & haut de corſage,
Et d'vng eſprit galland & pront.

  Prend cette Angelique recepte
De ne boire que par precepte
De la ceruoiſe ny du vin:
Et d'vne eſtrange nourriture
Ne corrompre point ta nature,
Ny les courſes de ton deſtin.

  Samſon en vſant de la ſorte
Deuint d'vne nature forte,
Et ſurmonta les Phyliſtins:
Et n'euſt eſté ſa conuoitize
Qui debaucha ſa gallantize
Il euſt donté tous ſes deſtins.

  Il faut que Samſon tu imites
Aux œuures dignes de merites
Pour t'adquerre vng pareil renom:
Et puis faire eſtonner la terre
Quand Mars ce fauteur de la guerre
Ne marchera que ſoubz ton nom.

  Mais fuy moy ceſt ord ſacrifice
Où l'on ſe dedie a tout vice,
Cette lubrique volupté:

LA MVSE

N'engage point a cette Cyrcé
Ton cueur en imitant Vlyſe,
Ny tes yeux ny ta liberté.
    Comme mon Duc ie t'endoctrine,
Et vais triant de ma poictrine
Ces enſeignementz les plus ſainctz,
Et pry' ton Ange tutélaire
Que les effectz de ma pryere
Correſpondent a mes deſſeins.
    Puiſſe tu donc mon petit Prince
Regir long temps noſtre Prouince
Fecond de vieilleſſe & d'Enfans:
Et puis au bout de la carriere
Monter tous brillans de lumiere
Au ciel des vices triumphantz

CONSOLATION A MADAME LA
Princeſſe de Conty ſur le deces de Monſeigneur le Prince ſon Mary.

STANCES.

Depuis que le flambeau qui ce globe illumine
Qui les humains eſclaire en la flâme Aurorine
Court deſoubz l'Ecliptique en ſon ciel rayonnant,
La Mort a qui la faute a donné la naiſſance
Courant apres la vye eſpend ſon influence,
Et va de cercle en cercle icy bas tournoyant.

Sainct

Sainct Paul cette Bucine a la bouche faconde
Nous apprend que la Mort a vaincu tout le monde
Se fourrant en la masse a l'abry du Peché,
La Mort fille de gloire ineptement conceue
Qui rendit nostre Mere aussy morte que nue,
Descouurit nostre Pere en son erreur caché.

Ces Parens que les biens de la gloire ferurent
Pour naistre & ne mourir las en naissant moururét,
Ce qu'ilz iugeoyent leur bié, a leur mal se changea,
Et penseant animez d'vne trop caute enuye
Assubiectir la Mort soubz les loys de la vye
La Mort desoubz son regne eux mesmes les rengea.

Ilz sont chassez du lieu ou viuoyent les delices,
Où l'air ne respiroit qu'vn doux vent de blandices,
La honte & la frayeur les tallonnoyent de prés:
Vn Cherubin branlant vn brand touffu de flames
pressoit leurs pas treblans en l'exces de leurs ames,
Et leur merquoit leur coulpe es fueilles des Cyprés.

Ces pauures malheureux, ces malheureux cou-
   pables,
Ces coupables d'heureux deuenus miserables
Bechent la terre ingrate au trauail de leurs bras:
Ilz suent au labeur, mais labeur inutile,
Car l'effect du peché de semence fertile
Estouffe leur espoir en leur peine icybas.

Enfin la Mort se glisse a trauers leur famile
Rompant la loy des gens & la reigle ciuile,
Caim trempe la dextre au sang de son Germain,

LA MVSE

La Mort cette cruelle emplit tout de vacarmes,
Elle est sourde a nos cris, inflexible a nos larmes,
Elle a la main d'harpye & le cueur inhumain.
   Voila les fruictz conceus en l'amarris du Vice,
Voila la Mort naissant au sein de la Malice,
Voila l'effect malin de la premiere erreur:
La Mort germe premier de la faute seconde,
Qui tend ses lacqz subtilz tout allentour du mõde,
Et punit nostre audace exerceant sa fureur.
   Depuis la Mort meslant sa faucille importune
Qui moissonne le Monde, a la faux de Saturne,
Aux Pastres, aux Bouuiers elle esgale les Roys:
Et pour faire sentir l'effort de sa puissance
Elle imprime aux viuans l'horreur de sa presence,
Et graue au sein des mortz la rigueur de ses loys.
   C'est vn commun passage esgal a tous les hõmes,
Pour Grandz que nous soyons dispensez nous n'en
   sommes,
Le sentier en est vn & les moyens diuers:
L'on ne peut en cela condamner la Nature,
Car en cette action hors de toute censure
Elle agit sur les corps de tout cet Vniuers.
   L'on scait que chasque corps retourne a son prin-
   cipe,
Se resould en cela duquel il participe,
Rechercheant l'ynité de son estre premier:
L'homme qui de la terre emprunte sa figure
Meurt & retombe en terre au lieu de sa nature,

Et sage ne se trouble en ce pas coustumier.

Nous naissons pour mourir, ie dy bien dauátage,
Hardy i'aduance encor' ce notable langage,
En naissant nous mouros, nous naissons en mourát,
Et suyuant le decret d'vne antique doctrine
Tousiours tousiours la fin depend de l'origine,
Ne plus ne moins qu'vn cercle en son tód recourát.

Le siecle dans lequel nous disposons nos courses
A deux faces en soy comme au Ciel sont deux Our-
ses,
Comme iadis Ianus estoit peint a deux frons:
L'vne a pourtraits en soy tous les trais de la vye,
L'autre qui est derriere & affreuse d'enuye
Au vif la mort a peinte ou naissent les affrons.

La Mort auec la vye en vn tout s'essencie,
Car souuent vn corps vif a vn mort s'associe,
Touttes deux regnét d'ordre en vn mesme subiect:
Ne plus ne moins qu'on voit les deux freres d'He-
leine
Luyre d'ordre & de suitte en la cœleste plaine,
Et faire leur carriere en vn semblable obiect.

Princesse dont la gloire esgale les merites,
Qui maudissez la Mort en ses fleches maudites,
Et vous plaignez du rapt que meschante elle a faict:
Discourez apart vous sur ces morz politiques,
Fondez y des raisons & sainctes & mistiques,
Et redressez vostre ame en son estat parfaict.

N'accusez du grand Dieu la prouidence occulte,

LA MVSE

Ne murmurez au cueur d'vn indiscret tumulte,
Ne vous prenez aux cieux qui ne sont a blasmer:
Cette perte en ce cas vous est bien profitable,
Elle vous rend scauante en ce mal incurable,
Et ne vous rauit pas les moyens de l'aymer.

Il estoit maladif en sa sante languide,
Il trainoit la couleur en la face liuide,
De Symptomes diuers il estoit agité:
Millefois en vn iour il delaissoit la vye,
Maintenât qu'il est mort, il ne meurt plus d'enuye,
Mais vit remply de gloire & d'immortalité.

Au lieu d'aller versant tant de funestes larmes,
Larmes le seul refuge aux peu constantes femmes,
Suyuez d'Artemisie & l'exemple & les pas:
Dressez luy vne tombe au millieu de vous mesme,
Dont la fabrique esgale vne despence extresme,
Et face dans vous mesme auorter son trespas.

De ceuxla seulement le decés est a plaindre,
Dont la mort & la vye en leur vice est a craindre,
Et qui mourant perdus perdent tout auec eux:
Mais en vain vous plorez ce grâd Prince de gloire,
Dont la vertu feconde enrichist la Memoire,
Et le guinde en l'Olympe au rang de ses Ayeux.

Des Scythes droituriers pratiquez moy l'exêple,
Gaye acheminez vous a l'autel d'vn grand temple,
Ne plorez son depart, n'en ayez desplaisir:
Mais les mains vers le ciel & le cueur tout ensemble
Pryez pour sa fortune ou ce depart l'assemble,

Et a son heur fatal ioignez vostre desir,

Heureux troisfois heureux, troisfois heureux encore

Ce Prince qui gaignant vne eternelle Aurore
A veu clore son soir qui tomboit au Ponant:
Heureux qui deliure du malheur qui nous presse,
Pour s'adquerir la ioye a quitté la tristesse,
Et la forte langueur qui l'alloit detenant.

A quel but visez vous par le cours de vos larmes?
Contre qui prenez vous ces naturelles armes?
A qui en voulez vous par ces debordemens?
Estce a Dieu, estce au Ciel, estce a ce prince mesme,
De qui vous regretez le bonheur si supreme,
Et voulez meslanger sa ioye a vos tourmens.

Voulez vous en croyant l'erreur de Pythagore,
Et la Metempsycose vne hydre qui deuore
Le repos des Espris de ce siecle passez:
Que ce Prince r'entrant en vn corps de misere
Regouste les trauaux dont nous priue la biere,
Et retrace les filz par la Mort d'etracez?

Quoy plorez vous sa mort pensiez vous que sa
vye
Ne deust trouuer sa fin par la mortelle enuye:
Le iugiez vous vn Dieu immortel en ses iours?
Quand fuyant le decret de vostre Destinee
Il le ioignit a vous soubz la loy d'Hymenee
Il estoit tout mortel, & le serez touiours.
Les Espris qui portés sur des plumes isnelles

Vont chercheant les effectz des causes naturelles,
Et des secretz du Ciel discourent hautement:
Scauent que le Tonnerre est premier en essence
Que l'esclair qui premier se faict voir & s'eslance,
Estant tous deux premiers mais bien diuersement

    L'esclair qui presageoit l'esclatant du Tonnerre
Qui derobe son iour aux ombres de la terre,
C'est l'esclat d'vn Canon qui ton frere a rauí:
Il feut veu le premier toutefois dans l'Idée
De Dieu de ton Mary la mort estoit guidée,
Et ce qui precedoit cet esclair la suiuy.

    Ce sont deux traits que Dieu desur ton chef esláce
Pour espurer ta vye, esprouuer ta constance,
Et puis te faire enfin triumpher de ces trais:
Que si ces sainctz discours n'ont assez d'energie,
Que les maux d'vne Royne admirable en sa vye
Soyent comme ilz sont au sien dedans ton cueur
    pourtrais.

    Aussy ferme que l'Aigle oeilladé cet exemple,
Exemple sans exemple, & puis apres contemple
Sa constante Remore arrestant tous ces maux:
Sur l'exces de sa perte amoindris moy la tienne,
Ta peine estant sans peine au rapport de sa peine,
Tes trauaux sans trauaux aupres de ses trauaux.

    Mais quoy plus nostre vye en ses frequés encom-
    bres
A son analogie & conuenance aux nombres,
Car tout est faict au nombre, a la mesure au pois:

Cil qui a plus de vogue en la Philosophie
La substance & le nombre au rapport apparie,
Et les range tousdeux soubz de semblables loys.

   La premiere science en la Mathematique
Seule va diuisant ses nombres par pratique,
Et par le resultat produit des Fractions:
Ce sont nombres rompus de l'entier de leurs nom-
   bres,
Qui suyuent les entiers côme les corps les ombres,
Et separez d'iceux perdent leurs actions.

   Par vn sens tout abstrus, par vn ordre mystique
Cet art de diuiser en vous deux se pratique,
Il est le diuisé & vous la fraction:
Fraction qui vnie a son nombre ternaire
Rendra la liaison parfaictement entiere,
Et reduira son nombre a sa perfection.

   Pour cela ne soyez en vousmesme abusée,
Car encor que de vous vous soyez diuisée,
Et que vostre Soleil soit de vous retiré:
Demeurant vne en vous vnité indiuise,
Vous demeurez solide & pleine de franchise,
A l'Eternité iointe & du temps separé.

   En cette qualité ie vous diray semblable
A ce Dieu qui n'est qu'vn & partant innombrable,
Qui est sainct qui est simple & qui n'a point de fin:
Et qui vous consolant en ce double desastre,
Fera & l'vn & l'autre ondoyer comme vn Astre,
Assis pres de Cesar soubz vn mesme Destin.

LA MVSE

Enfin pourquoy se plaindre, & d'vne longue suyte
De sanglotz recoupes blasmer la mort despite,
Mort vn rien, vn Idole, vne priuation?
Mort le Sabat voicque aux langueurs ou nous som-
    mes,
Le Tabernacle sainct ou Dieu se monstre aux
    hommes,
Où commence la gloire & finit l'action.

    Mort le bien souuerain, l'vnique bien du monde,
Mort que Iob desiroit en sa perte feconde,
Mort l'azile des vifz, l'ancre sacre des mortz:
Qui comune au François, au Schyte & au Tartare,
De ses estuys mortelz les immortelz separe,
Rend les Esptis au ciel, a la terre les corps.

    Mort le present des Dieux donne par recompense
Aux hommes qui deuotz adorent leur essence,
Qui d'encens Sabeens enfument leurs autelz:
Mort qui diuine en soy, qui par vn acte estrange
En vn bon heur soudain nos infortunes change,
Et faict les hommes Dieux, les mortelz immortelz.

    Et pour vous faire voir ma creance Ortodoxe,
Non vne foy Stoique ou bien vn Paradoxe,
Lisez dedans l'histoire vn exemple assez fort:
Comme Biton pieux & Cleobis son frere
Pour auoir emporté dans le temple leur Mere,
Receurent de leur Mere en guerdon cette Mort.

    Estce le peu de foy qui si fort vous estonne?
Qui vous donnat l'effroy, le desespoir vous donne?

                                                Croyez

DES GAYLES.

Croyés vous qu'il soit mort, il n'est pas mort il dort,
Le fol Saducéan se trompe en sa croyance,
Vn iour il reprendra sa premiere substance,
Et vous verrez viuant celuy qui n'est pas mort.

   Que si homme il est mort d'vne mort ordinaire
Pour puis apres reuiure illuminé de gloire,
Il est ce dict Sainct Paul sans appel prononcé:
Le grain ne peut produire vne vsure a la terre
Si dans le sein d'icelle vn homme ne l'enserre,
Et dans son flanc ne germe en son estre offencé.

   Voyez tous ces grandz Roys, ces grandz Roys de
    la France,
Ce grand Henry le grand vn Achille en vaillance,
Vn Dieu presque icy bas galloper ce chemin:
Et retournant au sein de leur Mere asseurée,
Se guinder glorieux dans la voute éthérée,
Pour renaistre a leur gloire & reuiure a leur fin.

   Voyez non pas vn Roy d'vne estoffe vulgaire,
Mais ce grand Roy des Roys, ce grand Roy de la
    gloire,
Ce Dieu pour nous faict homme en vn vestre mortel:
Qui pour vous affermir au glissant de la peine
Est mort soubz le manteau de la Nature humaine,
Et mourant a rendu vostre Prince immortel.

                    E

LA MVSE
STANCES.
Sur vne Bouche.

ARrosé des douceurs par les Graces infuses,
Et poli par la main des plus disertes Muses
Ie veux d'escrire icy des ouurages diuins:
D'vne Bouche feconde en respontes d'oracles
Ie veux ici coucher le progres des miracles
Qui vont fermant la bouche aux plus grandz Escri-
    uains.

Cette bouche mignarde attistement formée,
Aux replys de ses bordz de corail parsemée
S'anime par les trais d'vn aucteur tout scauant:
Mais cette couleur rouge obstacle de sa gloire
Monstre qu'elle est cruelle au faict de sa victoire,
Et faict le mort reuiure & mourir le viuant,

Pithon cette Deesse a la langue faconde
Distille vn fleuue d'or sur cette bouche ronde,
Des fleurs de l'Eloquence elle orne son discours:
Sur sa leure elle arrange en suyte compassée
Vne parole aigue & pressante & pressée,
Dont la fin se rapporte au dessein de son cours.

La forme de soymesme en rondeur accomplye
D'vne parfaicte essence abondroict est remplye,
Du Ciel la forme est ronde & du Soleil luysant:
De cette bouche aussi la figure est pareille,
Dont la perfection n'est rien qu'vne merueille
Qui lie au temps passé la course du present.

De la figure ronde eternelle est l'essence

Enfermant l'infini dans sa circonference,
Et rapportant sa fin a son commencement:
Cette Bouche de mesme en son estre infinie,
En sa forme immortelle a iamais se manie,
Et va l'Eternité en soymesme fermant.

Deux rangz de dens rangez aux loys de l'artifice,
Autelz où l'homme faict a l'amour sacrifice
Vont comme yuoire aussi cette Bouche honorant:
Quant l'Esprit a conceu quelque matiere graue
Ces dens en forment l'air d'vne parole braue,
Dont la langue va douce en apres discourant.

Langue dont la fonteine imitant le Pactole
Desur du sable d'or en sa carriere vole,
En ses termes dorée approchant du Nestor:
Langue le vray seiour d'vne diuine abeille,
Qui formant sa parole en faict vne merueille,
Et derobe la gloire a Teophraste encor'.

Cette Bouche d'amour le plus heureux Empire,
Bouche d'ou Cupidon va formant le martyre
A celuy qui volage en voudroit approcher:
Cette Bouche en suyuant les vertus de Gorgone,
Et l'arrest que sa langue en ses charmes ordonne
Change l'esprit en Ange & le corps en rocher.

Le mont Sicilien a cent gueules beantes
Vomit dedans le ciel mille flammes cuisantes,
Pline en fut deuoré curieux de les voir:
Cette Bouche en discours mille brasiers eslance
Dont l'audace elle bruste au feu de la Prudence;

LA MVSE

Et forme la ieunesse aux reigles du debuoir.

Il n'y a rien de beau, rien de parfaict au monde
Qui ne soit au pourpris de cette bouche ronde,
C'est l'abbregé du Ciel en icelle compris:
C'est des plus beaux secretz le plus parfaict volume,
C'est le feu de Vestale où la Vertu s'allume,
Et la chaîne d'Homere attirant les Espris.

Au beau verger d'Eden esmaillé de delices,
Où l'air rit gracieux, où viuent les blandices
Ie m'en vois cette bouche abondroict comparant:
Bouche où toutes les fleurs & tout l'art de bien dire,
S'estallent parmy l'air de son plus doux Empire,
Et vont les auditeurs en leurs tours esgarant.

L'on dict que dans ce monde esgallement côfuse
Il se rencontre vne ame artistement infuse
Qui luy donne la vye auec le mouuement;
Cette Bouche dans moy de telz effectz faict naistre,
Elle y faict discourant le mouuement cognoistre,
Et la vye & la mort regner esgallement.

Ie yeux mourir pour elle, & mourant ie veux
   viure,
Ie veux seul l'adorer sur l'autel de ce liure,
Celebrer ses vertus, celebrer ses honneurs:
Et tout enfle de gloire au coulant de ma plume
De son los immortel entrichir vn volume,
Et ne ceder superbe aux plus braues sonneurs.

COMPLAINTE DE MONSEIGNEVR LE
Mareschal de la Chastre sur l'estat valetudinaire de
Monseigneur de la Chastre son filz.

STANCES.

AStres corps animez par des Espris viuans
Que le diuin Platon nomme des Dieux mou-
uans,
Dont l'essence est cœleste & la course eternelle:
Cloux d'or, boulles de feu, immortelz Diamans,
Vostre Nature simple est vuide d'Elemens,
Et n'aligne son estre a la reigle mortelle.

Estce vous Dieux brillans en ce temple vouté
Qui meslant le courage a la ferocité
Versez sur les mortelz tant de mortelz encombres?
Mais quoy n'estce pas vous qui versiez tant de biés
Dans les deserts de Sin aux Peres anciens,
Et croissiez leur semence en faueurs & en nombre?

Sont ce vos ascendans, vos aspectz, vos regars
Qui lancent de droict fil sur nos chefz tant de dars,
Estce vostre Epicicle, ou bien vostre appogée?
Vos approches aussi ou vos reculemens,
Vos constellations qui causent ces tourmens
Dont se sent la Nature icy bas surchargée?

Mais n'estce point nousmesme imprudens ani-
maux
Malins, rusez, trompeurs d'ou sourdent tant de maux,

LA MVSE

Ne les forgeons nous pas artisans de malices?
Quel subiect auons nous de vous aller blasmans?
Quand ces maux ont leur source en nos deborde-
    mens,
Et coulet dans nous mesme es canaux de nos vices?
    Astres flambeaux aymés & flambeaux amoureux
Pour verser ces malheurs vous estes trop heureux,
Brandons des homme' aymés & amoureux des hô-
    mes;
Vous ne brillez la hault, la haut vous ne tournéz
Que pour rendre nos iours malheureux fortunés,
Et nous faire estre enfin cela que nous ne sommes.
    Qu'soit que vous soyez sur ou soubz l'horison,
Que vous changiez de lieu de cercle & de maison
Ma maison voit le soir de sa splendeur vnique:
Que deuiendroit o Ciel lhonneur de vos esclairs,
Si Phœbus vous quittant n'allumoit plus les airs,
Et n'alloit plus courant soubz la ligne Eclyptique?
    Ce filz, ce Caualier, ce Soleil de mes iours,
Qui fournit de matiere a ce present discours,
L'Image de ma gloire ainsi que de mes armes,
Ployant desoubz les loys des destins non amys,
Au lieu d'aller tirant le sang des Ennemys
Tire de mes deux yeux des fontaines de larmes.
    Cypris esprise en l'ame en ces actes guerriers,
Voyant son ieune front ombragé de lauriers,
Et par toute l'Europe augmenter ses trophées,
Quitta les lieux sacrez où fument ses autelz,

Et rengeant sa grandeur soubz la loy des mortelz,
Le vint trouuer en France au millieu de ses Fées.
　Si tost qu'elle le vit ses beaux yeux sont ternis,
Yeux qui blesserent Mars, meurtrirent Adonis,
La face luy pallit, luy faillit la parole,
Et toute begueyante en cet abordement
Ne pouuant receler son amoureux tourment,
Elle apprend a le dire en l'amoureuse escole.
　Beau Seigneur ce dict elle entre les Caualiers,
A qui tous les attrais d'amour sont familiers,
Et de qui la vaillance a touché mes oreilles:
Dedans le cueur esmeue en tes perfections
Ta beauté cause en moy de douces passions:
Comme ta valeur cause au monde des merueilles.
　Prend pitié de l'ardeur qui me boult dans les os,
Et calme ma tempeste orageuse en ses flos,
Ne refuse le lict d'vne belle Deesse:
Recueille ce doux fruict desiré des amans,
Par ta ioye presente accoise mes tourmens,
Et au dam de ma peine asseure ta liesse.
　Mais ce Seigneur sensible entamé d'autres dars
Ne voulant le rebut d'Anchise ny de Mars,
Ny des amours d'Adon les cendreuses reliques,
Mostra d'vn geste accort & d'vn mouuemēt d'yeux
Qu'il ne veut sa faux mettre en la moissõ des Dieux,
Ny aux feux estrangers changer les domestiques.
　Adonc Venus d'vn cueur en ce mespris ardent
Remache vne vengeance & luy veut vne dent,

LA MVSE

Recherche les moyens de contenter sa rage:
Et voyant de desdains son amour refusé,
Pour n'auoir de ce corps en ses feux abusé
Luy en osta cruelle & la grace & l'vsage.

Ainsy sentant l'effect de ce trop pront refus,
Il deuint de dispost impotent & perclus,
De sain son corps s'endort en vne letargie:
Il perd les mouuemens, il perd les actions,
Et ce corps qui estoit plein de perfections,
Perd ses perfections au Zenit de sa vye.

I'ay par la fable appris, si la fable ne ment
Que Phœdre estant tombée en la mesme tourmét,
Pour vn mesme refus fit mourir Hypolite:
Et meslant a sa rage vn malheureux effort,
Se priua trop seuere a iamais par la mort
Du bien qu'elle ne peut obtenir par merite.

Il pouuoit ce Seigneur par ses propres vertus
Surmonter la valeur de l'Empereur Titus,
Cet Empereur du monde & du Ciel les delices:
Il pouuoit ce Seigneur encores rendre esgaux
Aux exploictz de Cesar ses actes martiaux
Mais il en est frustré par ces mauuais offices.

Il pouuoit de son Prince accompagner les pas,
Et se fourant hardi en l'espais des combas
Ranger les Nations soubz les lys de la France:
Il pouuoit luy gardant ses deux sceptres acquis,
A ses sceptres acquis y ioindre des conquis,
Et en porter la merque au plus haut de sa lance.

Mais

Mais les Deſtins cruelz & les Demons meſchans
De ſes braues deſſeins les filetz vont tranchans,
Ilz arreſtent ſa gloire au midy de ſa courſe:
Il a les membres fortz du tout eſtropiez,
Et ſes mains ſont ſans force auſſibien que ſes piedz
Dont il ſent la foibleſſe & n'en ſçait pas la ſource.

Las s'il eſtoit encor' par quelque Dieux amys,
Par les loys de Nature en ce monde permis
De ſubroger le Pere aux langueurs filiales:
Et le ſubſtituant aux tourmens exceſſifz
Rendre comme les biens les malheurs ſucceſſifz,
Le mal hereditaire & les douleurs legales.

Si cela diſie eſtoit entre nous icy bas,
Si cette reigle eſtoit, mais elle n'y eſt pas,
Ma douleur vehemente amoindriroit ſa force,
Portant les paſſions qu'il ſouffre ſur ſon corps
Nous ferions luy & moy de paſſables accordz,
Prenant le ſuc du mal & luy rien que l'eſcorce.

I'eſtime quant a moy ceux la dignes d'autelz,
D'encomes, & d'honneurs, d'Eloges immortelz,
Et que leur gloire vole en la bouche des hommes,
Qui de la philautie & du ſang triumphans
D'vn amour paternel meurent pour leurs Enfans,
Et changent leur matiere en de meilleures formes.

Ces Peres d'vn courage ardent & vigoureux
Ayant pour eux veſcu doibuent mourir pour eux,
Et retranchant leur vye allonger leur louange:
Et au pris de leur mort procurant leur ſanté

F

Enfoncer leur memoire en la posterité,
Et leurs faictz par l'histoire aussi loin que le Gange.

Ainsi Balbe Romain par les traistres mourut,
Et mourant sans secours son filz il secourut
Preferant son salut au peril de sa vye:
Et luy qui se pouuoit liberer de leur main
Leur monstra qu'en mourât d'vn courage Romain
Son amour paternel surmontoit leur enuye.

Ainsi sauua Saleuce a son filz le trespas,
Et debellant sa flamme en ses plus doux appas
Se despouille d'amour pour l'amour de sa race:
Il prefere Antioque aux plaisirs de son cueur,
Et se monstrant pourluy vn Pere plein d'ardeur,
Il se monstre a sa femme vn mary plein de glace.

Ainsi voulant Zaleuce entretenir la loy
Laquelle il auoit faicte, inuiolable en soy,
Pour l'amour de son filz l'vn des yeux il se creue:
Et partageant la peine entre eux deux iustement
Il fit voir son amour en ce nouueau tourment,
Et recognoistre aux siens la Iustice en la preuue.

Pleust a Dieu que l'esséce & l'humeur de ce mal
Qui tombe sur mon filz par vn degoust fatal
Diuertissant son cours se fondist sur ma teste:
Et que chargé de soin tout caduc & tout vieux
Les torrens de ces eaux en leurs cours odieux
Entrainassent ma vye au bruit de leur tempeste.

O Dieux quedebonheur si pour luy i'estois mort,
Pour ce ieune Samson si robuste & si fort,

De mon logis tombant foubſtenant les reliques:
Qu'en ma mort ie ſerois & content & heureux
Si eſtant au ſepulchre il alloit vigoureux
Adiouſtant de la gloire a mes exploictz belliques.

    Aſtres qui conduiſez les Soleils des humains
I'eſleue a vous mes cris auſſi bien que mes mains,
Vous fais cette pryere ardemment proferée,
Redonnés a mon filz ſa premiere ſanté,
Et me faiſant reuiure en ſa poſterité
Enleuez moy pres vous en la plaine etherée.

    Ceux qui parlent de vous racontent que la haut
Par ſa valeur Perſée eniamba d'vn plain ſaut,
Et de la terre au ciel ne fit qu'vne démarche:
Aſtres permettez moy que ſuyuant ſon meſtier
Vous me rendiez heureux par vn meſme ſentier,
Et que montant la haut çabas ie me decharge.

    Bons Dieux que le courage eſt barbare en fureur,
Que le courage trempe es marais de l'horreur,
Que le courage s'ayme & s'anime a la rage:
Qui deſpouillant de ſoy toute l'humanité
Souille ſon bras de ſang, ſon cueur de cruauté,
Et ſe feint de la gloire en ſon propre carnage.

    Si les cayers ſacrez n'exerceoient leur pouuoir
Sur ma plume ſoubmiſe aux reigles du deuoir
Ie blaſmerois d'Abram l'exemple aſſez eſtrange:
Iepthé ſeroit ici par mes libres eſcris
De trop de promptitude en cet acte repris,
L'vn auroit peu d'honneur, l'autre peu de louange.

LA MVSE

Mais quand hauſſant l'eſprit tout cœleſte ie veux
Peſer la foy de l'vn & de l'autre les vœux,
Et priſer de tous deux les intentions cautes,
Franchement ie confeſſe aux yeux de l'vniuers
Qu'ilz auront plus d'honneur que de blaſme en ces
 vers,
Et que la foy repare en leurs ames les fautes.

 Touttefois s'il eſt libre au cueur ſans paſſion
De coucher par eſcrit ſa ſaine intention,
Plus me plaiſt de Dauid l'eſpanchement de larmes,
Qui pouſſé du ſoucy de la mort d'Abſalon
Pleurant blaſmoit Ioab en ſon œuure felon,
Et ſon filz emporté par la force des armes.

 I'abhorre ces meurtriers, ces cruelz carnaciers,
Qui ont les cueurs plus durs que le dur des aciers,
Indignes de iouyr de la lampe Phœbique;
Ie les hay, ie les fuy & ne les veux point voir,
Sinon dedans le Tybre a vauleau les pouuoir
Expier de leur faute en ce faict tyrranique.

 Herodes cet humeur du ſang des Innocens
Encore degouſtant de ſes combas recens,
Tua trois de ſes filz d'yne rage inaudite:
Pour ce faict aymoit mieux vn Empereur Romain
Eſtre porc que le filz de cet homme inhumain,
Et ayant plus de vye auoir moins de merite.

 Torquate grand de cueur mais plus grand en rigueur
Pour guerdonner ſon filz glorieux & vaincueur

Luy fit trancher la teste au millieu de l'armée:
Et Philippe d'Espaigne ensanglanta sa main
Au sang denaturé de son filz inhumain,
Et changea par sa mort son espoir en fumée.

  Quel dard mort, quel traict vif le Roy François
    blessa
Quãd son filz ce beau Prince a Tournon trespassa,
Et qu'vn mal soubçonné luy deroba la vye:
Sa mort luy donna plus en l'ame de terreur
Que l'armee effroyable a Charles l'Empereur,
Car l'vne eust son effect, l'autre que son enuye.

  Bons Dieux tournés sur moy le doux ray de vos
    yeux,
Regardez moy du ciel tout caduc & tout vieux,
Et des siecles passez r'appellez la memoire:
Vueillez o Dieux sauueurs ce seigneur secourir,
Renouuellez ses ans, & puisse enfin mourir
Plein d'aage en cette terre, & au ciel plein de gloire.

A MADAME DE LA CHASTRE.

IE vous consacre par debuoir
Ces trois fleurs d'vne Emerocale,
Ces trois fleurs que vous pouuez voir
Marques d'vne offrande loyale,
Trois fleurs qui rangent a leur loy
Mon cueur, mon seruice & ma foy.

LA MVSE
MADAME DE LA CHASTRE
A L'AVCTEVR.

VOs fleurs qui font en trinité
M'ont efté bienfort agreables,
I'en ay mis deux en vnité
Pour les trouuer infeparables,
Et la troifiefme auec raifon
Ie l'ay donnée a la Raymon.

L'AVCTEVR A MADAME
DE LA CHASTRE.

MEs fleurs defoubz le cercle arrondi par leurs
    fueilles
Contiennent vn myftere infini de merueilles,
Figurent aux efpris ce qui fuyt tous les yeux:
Mes fleurs defoubz l'obfcur de leurs formes fphe-
    riques
Decouurent aux fcauans leur effences myftiques,
Et font rauir d'exces les plus iudicieux.
   Ces fleurs fi l'on regarde & leur nombre & leur
    forme
Ont leur analogie & leur rapport conforme
A ce Dieu qui faict nombre en fa fimple vnité:
Elles font en leur forme a l'vniuers femblables,
Forme la plus capable entre les plus capables,
Et qui femble infinie a la Diuinité.
   Ce fuperbe vniuers, cette braue Nature

Ont esté faictz au pois, au nombre a la mesure,
Contribuant tous trois a leur perfection:
Ie vais plus outre encor les corps elementaires
Qui ont leur existence aux visibles matieres,
Ont trois principes vrays de leur extraction.

Et pour de vos honneurs adombrager les traces,
Les trois sainctes vertus, les trois diuines Graces
Qui ont le trois pour nombre habitent dedãs vous:
L'esprit subtil & pront, la memoire feconde,
La volonté qui peut obliger tout le monde
En ce nombre parfaict sont admirez de nous.

Touttefois tous ces trois bien que diuers en
    nombre,
Ainsi qu'vn corps solide est diuers de son ombre,
Ne diuisent leur estre vnique en vnité:
Mes trois fleurs s'vnissant a ce nombre ternaire
Ne se pouuoyent partir suyuant leur exemplaire
A tomes indiuis parmy leur trinité.

Le cueur du corps humain la plus noble partie
De trois angles formé parfaicte Symetrie
En deux, en trois obiectz ne se diuise point:
Son dessein bien formé demeurant tout vnique
Par vn rapport esgal entier se communique
A vn seul horison en imitant le point.

I'ay le chef releué d'vn plaisir trop extresme
Quand ie voy vostre main, vostre bouche & vous-
    mesme
Tesmoigner par escrit que mon don vous a pleu:

LA MVSE

Que mes fleurs de mon cueur du tout inseparables
Vous sont bien que sans pois, que sans pris agreables,
   bles,
Et mon escrit si cher indigne d'estre leu.

   Et pour me faire part du miel de vostre plume
Imitant des grandz Roys, des Roynes la coustume
Vous m'auez bien daigné attaquer par vos vers,
Vous auez bien ozé faire encor' d'auantage,
Me donter en mon art par ce parfaict ouurage,
Et publier ma honte aux yeux de l'vniuers.

   Ainsi le grand Ronsard l'Apollon de la France
De Charles son bon Prince amateur de science
Se vit bien que tresayse en son art surmonté:
Et du Bellay d'Aniou les plus cheres delices
Vit des vers d'vne Royne attrayans de blandices
Son estude vaincue & son labeur donté.

   Pour n'estre point ingrat d'vne faueur si grande
A ce bon coup ie couppe a ma nef la Commande
Pour voguer en la mer de mes conceptions:
Et portant sur ma plume aux peuples plus estranges
Sur l'aisle de vos vers vos fameuses louanges
Esgaler vostre gloire a vos perfections.

SVR VNE COVRSE DE BAGVE.

LES CAVALIERS.

Animez de l'ardeur que la gloire nous donne,
Filz de Mars, & côceus au ventre de Belône,
            Nous

Nous venons faire foy de nos exploits guerriers:
Et d'vne droicte lance esgalement guidée
Reduire a l'action nostre plus belle Idée,
Et par cette action acquerir des lauriers.

    Nous sçauons quand la guerre au debuoir nous
    appelle
Faire de beaux exploictz dont la gloire immortelle
Eternize nos noms en l'acte de ses faictz:
Nous sçauons des Cesars en l'effort de nos armes
Tirer le sang du cueur, & du ceruean les larmes,
Et en monstrer la preuue en l'œuure des effectz.

    Mais quand le Dieu de paix la paix nous commu-
    nique.
Nous sçauons par esbas dont belle est la pratique,
Monstrer nostre prouesse aux explois familliers,
Et d'vne gallantise a peu de gens commune
En surmontant l'enuye abattre la fortune,
Et la rendre hommagiere aux piedz des Caualiers.

    Par ces beaux entretiens dignes des belles ames,
Que le desir de vaincre anime dans leurs flames,
Des courages bastardz les sentiers nous fuyons:
Et picques de la gloire où l'ardeur nous conuie
Pour acquerre l'honneur nous mesprisons la vye,
Et blasmant les defautz la vertu nous louons.

    Que si nostre vertu de la gloire suiuye
Failant contre nos faictz conceuoir de l'enuye,
Auortoit l'arrogance au ventre d'vn Mutin:
Et vouloit en nostre art r emporter la victoire,

LA MVSE

Scache qu'estre vaincu est le but de sa gloire,
Et qu'auoir de la honte est son plus beau destin.
　Nous sçauons roidement surmonter les rebelles,
Et deployant nostre art par des courses isnelles
Donner droict, dans la bague accueillis de bôheur:
Et par nos actions comme parlans oracles
Tourner nos simples faictz en de parfais miracles,
Et en sacrer la gloire a l'autel de l'honneur.

LES CAVALIERS AVX DAMES.

Beautés dont les douceurs rendent doux les
　　barbares,
Et de qui les attrais atterrent les plus fortz,
Vous cachez dans vos cueurs vos vertus les plus
　rares,
Et monstrés sur vos frons vos plus rares effortz.
　Des esclatz, des esclairs de vos brillans visages
Vous consommés nos seins en leurs feux allumez,
Et donnant de la force a nos bouillans courages,
De vos esclairs mortelz se trouuent animés.
　L'amour que vos beautés dans nos ames inspirét,
Inspirent nos desirs a des actes hautains,
Et combatant vos yeux dont les trais nous martyrét
Sommes vaincus par eux & vainqueurs des destins.
　L'ardeur qui nous enflâme au butin de la gloire,
Nous range dans la lice eschauffés de valeur,
Pour en cette valeur acquerir la victoire

Que vos yeux ont conquise en leur propre chaleur.
Vo° brulez il est vray de vos feux nos poictrines,
Vous allumez l'humeur de nos actes guerriers,
Mais ces ardeurs aussi estant toutes diuines
Ornét nos frons de myrthe & nos bras de Lauriers.
  Conduis donc des flambeaux de vos beautés si
    graues
De nos fais valeureux nous donnons des essais:
Pour vous faire iuger que des essais si braues,
Peuuent changer leur estre en des explois parfais.

A VNE DAME.

I'Ay le cerueau troublé de pensers incertains,
De frayeur ie frissonne au millieu des destins
Que les courses du Ciel sur les mortelz renuersent:
Mon iugement se couche au leuer de son cours,
Ma bouche en faict de mesme en formant son dis-
    cours,
De ces defautz si prons mes espris se trauersent.
  I'ay raison de me ioindre a la foy des Docteurs,
En ses troubles soudains les predre pour aucteurs,
Dont la doctrine force vn homme a leur croyance:
I'ay raison de soubscrire a leurs escris diuins,
Qui condemnant la fraude & l'erreur des Deuins
Monstrent qu'il ne faut croire a leur faulse science.
  C'est commettre vne faute indigne de pardon,
C'est d'vn erreur impie allumer le brandon
De conclure vne chose en la course des astres:

LA MVSE

Sur vn faux horoscope asseoir la verité
C'est courre a toute bride apres l'impieté,
Et forcer le Ciel mesme a nos propres desastres.

   L'influece des Cieux & leurs courses sont vaines
Pour gouuerner l'estat des affaires humaines,
Celuy la seul qui est le tient seul en ses mains:
Des accidens cachés les causes il modere,
Il maintient tout son peuple en vn ordre prospere,
Et scait ce qui est propre a chascun des humains.

   Si Iunon transformée en sa mauuaise trongne,
De ton ventre a tiré vne triste charongne
Fortune assez estrange & qui vient peu souuent:
Que pourtant la douleur ne tire en consequence
Quelque point qui s'oppose a ta ferme croyance,
Et au vouloir de Dieu qui te va reseruant.

   Le conseil du treshaut, la prouidence occulte,
Le secret iugement qui apres en resulte
De la censure humaine eschappe les prisons:
Le bruict de ces grandz corps extresmes en mer-
   ueilles
Ne se proportionne a nos foibles oreilles,
Et ne se laisse entendre a nos sottes raisons.

   Ne pense pas foiblesse ou impuissance ou vice
Qui peust souiller de Dieu la diuine Iustice
Ce malheur qui te presse aux exces du soucy:
Ne te brouille l'espiit de ces vaines pensées,
Ne murmure en ton cueur des fortunes passées,
Et ne vange ton mal d'vn mespris enduici.

Si contre l'ordonnance a nos Peres donnée
Ta fille trois iours morte auant qu'elle feuſt née
Auoit verſe ton ame en l'incredulité:
Brusque r'elance toy dans les droictes briſées,
Apprehende de Dieu les fureurs meſpriſées,
Et ſoubmes ta fortune a la prouidité.

Il eſt doux, il eſt bon, il eſt prudent & ſage,
Selon ſon bon plaiſir il parfaict ſon ouurage,
Plaiſir conformé aux loys d'vne iuſte raiſon:
Il a faict cet enfant en la foſſe deſcendre
Pour vn bien impoſſible a preſent de comprendre,
Mais duquel le ſçauoir ſe garde en ſa ſaiſon.

Pour ce faict louons Dieu de ſa propre louange,
Faict eſtrange en l'exorde, en la fin plus eſtrange,
Pryons le que ſur nous il eſtende ſa main:
Que ſur nos ſucceſſeurs ſes faueurs il eſlance,
Et que le bras vangeur qui punit noſtre offence
Iette la verge au feu & nous ſoit plus humain.

STANCES.

Sur vne Fonteine.

Eſpris qui vous mirés dedans cette Fonteine
Diſciples de Narciſſe imitant ſa fureur,
Plus coupables que luy ne condamnés ſa peine,
Moins capables que luy n'accuſez ſon erreur.

De l'œil du iugement vos amours ie contemple,
Ie iuge du preſent par l'accident paſſé,

LA MVSE

Aumoins reiglez vos feux aux loys de cet exemple,
Et lisez vostre faute au front du trespassé.

Ce mignon feut atteint des attrais de soymesme,
Par son mauuais Demon ce desastre il receut:
Et ce qui le debuoit en cette ardeur extresme
Deliurer de la fraude a la fin le deceut.

Et vous suyuant ce fol par vne humeur malnée
Vous courez a la perte & la voulez forcer:
Vous voulez vous combatre a vostre destinée,
Et ce qu'elle a prescript vous le voulez passer.

Si l'euident peril d'vne mort si prochaine
Ne vous ouure les yeux aueuglez par le sort,
Aumoins que mon conseil succede a vostre peine,
Ou du moins que le mal succede a vostre mort.

Espris ne vous flattés cette douce marine
Differe en qualité des ondes de la Mer,
La Mer courant soubz terre adoucit sa saline,
Elle glissant en vous rend son flot plus amer.

Ne fondez vos desseins sur la fausse apparence
Que son humidité amortira vos feux,
Car ce Naphthe eschauffé des rays de son essence,
Couue mille brasiers dans ses replys moiteux.

Defiez vous amans, qu'vne caute sagesse
Guide vos pas au bien, vos espris au sçauoir:
Pline vous sert d'exemple aussibien que d'adresse
Consommé par le feu qu'il pensoit conceuoir.

L'Aristote superbe en sa docte escripture,
Empoulé de sçauoir enflé d'ambition,

DES GAVLES.

En ne pouuant de l'eau comprendre la nature
Fit vn acte contraire a sa profession:
  Sages par leur exemple accompaigné de peine
Ne vous mirez si pres au cristal de cette eau:
Craignez le flot trompeur d'vne telle Fonteine
Au profond de laquelle on voit vostre tombeau.

PROSOPOPEE DE LA ROYNE
Mere Marie de Medicis

STANCES.

LA douleur me pourmeine au gré de ses desirs,
Elle change ma pompe en de prontz deplaisirs,
Et va par ce desastre affoiblissant ma vye:
Car l'Esprit qui mon cueur de son souffle animoit,
Et par son amour viue en luy me transformoit,
Mort me rend morte au monde & viuāte a l'ēnuye.
  D'vn cueur seul myparti en deux corps no° viuios,
Pour reigle a nos desseins mesme amour no° auiōs,
La paix & la concorde entre nous auoyent place:
Las Hymen nous auoit beni de ses discours,
Heureux si ces grandz corps impitueux en leurs
    cours
N'eussēt couppé ce nœud d'vn coup de leur disgrace.
  De vous cieux insolens au train de vostre erreur
Pour animer ma peine animez de fureur,
Ie me plaindz en l'esclandre excessif qui m'outrage:

LA MVSE

Pour me vanger de vous carnaciers inhumains,
I'arresterois vos pas en l'effort de mes mains
Si iauois la puissance esgalle a mon courage.

Vous auez telle playe empreinte dans ma chair
Que vos yeux disposez a muer en rocher.
En mes viues douleurs me rendent insensible:
De tout ce que i'estois en ce temps qu'il viuoit,
Ie ne suis qu'vn Escho qui fuyant le suyuoit
Dont la voix est ouye & l'Image inuisible.

Vous pensez opulens en ce riche butin,
D'auoir en occident faict couler mon matin
Enrichir vos pallais d'vne flamme si saincte:
Vous pensez par sa mort animer vos flambeaux,
Et d'vn corps tant cheri remplissant les tombeaux.
Triompher de moymesme au fort de ma côplainte.

O Cieux vous vous trompez de la grandeur des
Cieux,
Vos mouuemens malins, vos astres vicieux
D'arrester cet Esprit ne seront pas capables:
Ilz ont trop a sa mort adiousté de rigueur,
Et luy qui vit au monde auoit beaucoup de cueur
Mort le conseruera pour punir ces coupables.

Il scait bien que l'Esprit, comme Platon disoit,
Dans le corps d'vn flambeau englouti ne luisoit
Il cognoissoit l'erreur d'vne telle Maxime:
C'est pourquoy tout ardant en l'espoir de son bien
Il est allé trouuer ce vieillard Ancien
Qui faict viure ma plaincte & son Esprit animé.

Nous

DES GAVLES.

Nous autres que la Foy rend doctes & sçauans,
Et que l'erreur n'agite a la mercy des vens
Ne croyons de leger au rapport de vos fables:
Si tant de beaux Esprits de leurs corps deliez
Estoyent dans vos flambeaux comme esclaues liez
Leurs iours seroyent heureux & leurs morts mise-
  rables.

Mais quoy las cet Esprit qui me donnoit l'espoir,
Et par les yeux duquel seulement ie puis voir
Et le bien que i'ay eu & le mal qui me presse,
Me fuit quand ie l'appelle & me quitte au besoing,
Et s'il ne peut pour moy ores auoir du soing
De ne le pouuoir faire il a de la destresse.

Car ce qui plus m'afflige en ce mal soucieux
C'est que ce bel Esprit m'aymoit plus que ses yeux,
Preferoit mon amour au plus cher de sa vye:
Tous ses desseins buttoyent au blanc de mes desirs,
Tous mes contentemens estoyent tous ses plaisirs,
Et mesuroit son bien au pied de mon enuye.

Ces pensers si auant dans mon cueur enfoncés,
Et par redoublemens coup sur coup repoussés,
M'emportent hors de moy a des raisons hautaines:
Ilz brouillent mon cerueau de pensers incertains,
Et si mon cueur n'estoit plus fort que mes destins
Ie prendrois l'incertain pour les choses certaines.

Mais Dieu qui me conduit des rayons de son œil,
Et dans le cueur m'attache vn lumineux Soleil
Attreste ma pensée aux loys de sa Iustice:

H

LA MVSE

Il me dicte vne voix insensible a mes sens,
Mais dont le glaiue aigu iusqu'aux os ie ressens,
Qui m'augmente la grace & reprime le vice.

    Las Seigneur ie sçay bien ie ne l'ignore pas
Qu'il n'estoit affranchi des reigles du trespas,
L'Epousant ie cougneu sa nature mortelle:
Mais helas ie ne puis m'engarder de plorer
Quãd ie voy que la mort me le vient deuorer,
Et puis me sacrifie a cette loy cruelle,

    Encor's'il eust parfaict la course de ses ans,
Et cassé de vieillesse eust veu grandz ses Enfans,
La mort qui me faict plaidre auroit vn peu d'excuse:
Mais il auoit a peine attrapé son Zenit,
Que le poussant au soir ses rays elle esteignit,
Et luy manqueant la force elle employa la ruse.

    Il estoit tant affable, aymable & gracieux,
Tant de douceurs naissoyent de son front, de ses
    yeux
Que la mort n'eust ozé de plein front le combatre:
L'amour & la bonté prontes a secourir
Eussent faict la mort mesme honteusement mourir
Vainqueurs tirantz du bien de son propre desastre.

    Les vertus dont estoit ce Prince couronné
Ont inuité le ciel d'angoisse enuironné
A verser tout le iour des larmes deplorables:
Les peuples dont ce Roy estoit tant reueré
Recougnoissans leur mal largement l'ont ploré,
Et perdant leur bonheur se disoyent miserables.

Et moy donc qu'il nommoit sa flamme & son
    amour,
En qui mesme il formoit son plusheureux seiour
Ne me débonderayie en deux larges fonteines?
Et au vif attacquée en l'exces de mon mal,
Ne m'irayie plaignant de ce sourd Animal
Qui n'entend pas ma plaincte & ne veut voir ma
    peine?
    Ces femmes dont l'histoire és aucteurs nous faict
    foy
Rendirent des effectz conformes a leur loy
Plus bouillantes que moy mais moins religieuses:
Des corps de leurs marys en cendre consommés
Ilz boiuoyent tous les iours des breuages aymés,
Et logoyent dans leurs cueurs leurs poudres amou-
    reuses.
    Peut estre qu'en logeant ces cendres dans leur
    cueur
Dont la digestion se faisoit le vainqueur
De leurs marys cendreux ilz perdoyét la memoire:
Et cet exemple rare & plein de vanité
Dont la despense vaine arguoit la beauté
N'eust pas pour but l'amour, mais l'honneur & la
    gloire.
    Mais moy qui suis nourrie en la loy du puissant
De cette vanité ie ne me vais paissant,
Et ne me prostitue en cette Idolatrie:
Comme vn Anthropophage abramé de la fain
                    H ij

LA MVSE

Ie n'assouuis mon dueil d'vn subiect tant humain,
Image de misere & non pas de folie.
  Si ne veux ie pourtant ceder en loyauté
A celles dont l'exemple est plein de nouueauté
Porcie, Arthemisie, & a d'autres semblables:
S'ell' ont par des charbōs & des tombeaux hautains
Monstre que leur amour pouuoit sur les destins,
Ell' ont aussi monstré leurs erreurs meprisables.
  Mais vne ardeur soubmise aux loys de la raison
Me retient ie l'aduoue en sa belle prison,
Et forme ma pensee a vne chose iuste:
Ses yeux dedans mon cueur fortement sont fichés,
Ses Esprictz dans mon ame a iamais attachés
Dont l'Idée est diuine & le lien occulte.
  I'ay pour luy plus de flamme, & pour luy plus
    d'amour,
Luy qui mort est ma nuict qui viuant fut mon iour,
Que toutes celles la dont parle la memoire:
Entre leurs amitiés & mon affection
Il n'y aura iamais de la proportion,
I'aymay d'vne amour vraye & elles par l'histoire.
  Helas c'est cette flamme eternelle a iamais
Qui brouillant mon cerueau produira desormais
Pour plorer ton depart des larmes eternelles.
Et quand ces grandz ruisseaux auront seiché leurs
    cours
La langue suppleera par funestes discours
Blasmant ma perte pronte & les Parques cruelles.

Toy Esprit releué dans le plus haut des cieux
Versé sur moy chetiue vn rayon de tes yeux,
Influe en tes Petitz quelque saincte Influence:
Et puis haussant les mains au trosne du Viuant
Prye pour celle la qui te va suruiuant,
Pour ceux a qui ta vye a donné la naissance.

Regorgeante de soing de regretz & d'enuys,
Perdue en ton absence en des obscures nuictz,
Ie te donne l'adieu en si loingtain voyage:
Desirant mon cher cueur, mon bié & mon support
Si ie ne te puis suyure es traces de la mort
Retenir ta memoire au fond de mon courage.

Vi là haut bienheureux au millieu des Espris
En l'amour de ton Dieu esperduement espris,
Tandis que la misere entretiendra ma vye,
Et que veufue de toy mon repos & mon bien
I'iray desur ta tombe ou ie ne verray rien
Redemander ta vye a la mortelle Enuye.

TOMBEAV ROYAL DE HENRY LE
Grand Roy de France & de Nauarre,

SONNET.

CEt augufte Maufole artiftement dreffé
Contiét les os facrés d'vn Monarque de Fráce,
Dont le fiecle prefent tiroit fon elegance,
Le futur fa fortune, & fon los le paffé.

LA MVSE

Les Cataractes fainctz du Ciel auoyent verfé
Sur fon chef par ondée vne haute Influence,
Et la terre feconde auoit en abondance
En luy par abregé tous fes biens r'amaffé:
   Mais la terre & le ciel les moteurs de fa vye
N'ont peu gauchir le coup d'vne lugubre enuye,
N'ont peu brider le cours de fes aftres mouuans.
   Il eft mort ce Monarque a la terre effroyable,
Mais mourant il a faict vn miracle admirable
Faifant viure les mortz & mourir les viuans.

FIN.

*Dedit enim mihi quantum maxime potuit, daturus amplius fi
potuiffet. Tametfi quid homini poteft dari maius quam gloria, laus
& æternitas? Æterna qua fcripfit, non erunt fortaffe: ille tamen
fcripfit tanquam futura. Plinius Iunior Cornelio Prifco.*